YUME DE MITA ANOKO NO TAMENI, Vol. 1

First published in Japan in 2017 by KADOKAWA CORPORATION, Tokyo.
French translation rights arranged with KADOKAWA CORPORATION, Tokyo
through TUTTLE-MORI AGENCY, INC., Tokyo.

Édition française

Traduction :
David Le Quéré

Adaptation graphique :
Clair Obscur

ISBN : 979-10-327-0473-8
Dépôt légal : mai 2019
Achevé d'imprimer en Italie en février 2021 par L.E.G.O.

UN JOUR …
J'AI APERÇU SUR UN PONT UN VIEIL HOMME QUI PRENAIT DES PHOTOS DE LA MER AVEC UN TÉLÉOBJECTIF ABSOLUMENT GIGANTESQUE !
OH, LE BESTIAU !
JE L'AI TROUVÉ SI IMPRESSIONNANT QUE JE ME SUIS APPROCHÉ POUR LE REGARDER DE PLUS PRÈS…
ET EN FAIT, LE PAPY ÉTAIT JUSTE EN TRAIN DE BOIRE DANS UNE GOURDE NOIRE !
GLOU
GLOU
GLOU
GLOU
SPORT
…
C'EST MALIN !
UN AUTRE JOUR, ALORS QU'ON MANGEAIT DU RAISIN, ON A DÉCOUVERT DEUX GRAINS FUSIONNÉS !
OH ! ON DIRAIT UN CŒUR…
NON, C'EST DES FESSES !
ON L'A DÉTACHÉ POUR VOIR QUI AVAIT RAISON…
BEN VOILÀ ! C'EST DES FESSES !
TU VEUX BIEN TRANCHER ?
DES FESSES.
UNE AUTRE FOIS, COMME JE ME FAISAIS DÉVORER PAR LES MOUSTIQUES, JE ME SUIS TARTINÉ DE MA CRÈME HABITUELLE…
MU α !!
ELLE EST SUPER EFFICACE !
ELLE MARCHE MÊME SUR MON ECZÉMA ! (EN TOUT CAS C'EST MON IMPRESSION !)
…
JE SUIS ALLÉ AUX TOILETTES JUSTE APRÈS…
ÇA PIQUE !
ET J'AI SOUFFERT LE MARTYRE !
N.B. : N'OUBLIEZ JAMAIS DE VOUS LAVER LES MAINS APRÈS AVOIR MIS DE LA CRÈME !
POUR MON ANNIVERSAIRE, JE ME SUIS OFFERT UNE FONDUE JAPONAISE AU RESTO…
LA PÂTE DE RIZ SE TIENT DEBOUT !!
C'EST FORMIDABLE !
FAUT PAS EXAGÉRER…
VOILÀ, VOUS SAVEZ TOUT DE MA VIE PALPITANTE …
À LA PROCHAINE !

PETITES ANECDOTES
UN QUOTIDIEN INSOLITE
OCTOBRE 2017
CET ÉTÉ, ALORS QU'ON REPARTAIT DE HOKKAIDO APRÈS AVOIR RENDU VISITE À MA FAMILLE...
IL Y A UN OBJET SUSPECT DANS CE SAC... JE VAIS VOUS DEMANDER DE L'OU-VRIR !
HEIN ?!
LE SAC DE MON FILS NANASUKE (NOM D'EM-PRUNT).
ON A ÉTÉ CONTRÔLÉS À L'AÉRO-PORT !
C'ÉTAIT...
UN SHURIKEN EN CAOUTCHOUC.
NANASUKE L'AVAIT OBTENU EN REM-PORTANT UN DUEL...
DANS UN VILLAGE HISTORIQUE ...
ON L'AVAIT LAISSÉ GAGNER, BIEN SÛR ! (HA HA !)

STAFF

Kei Sanbe

Yôichirô Fumita
Manami “18 ans”
Kôji Kikuta

Keishi Kanesada

AIDE DOCUMENTATION ET PHOTOS :
Kunikazu Toda

DESIGN ORIGINAL :
Yukio Hoshino
VOLARE inc.

ÉDITEUR JAPONAIS :
Tsunenori Matsumiya

BIEN...
EMMENEZ-LE !
À SUIVRE...

VLAN

ILS M'ONT DIT DE TE DONNER ÇA ...
...
TU DOIS APPELER CE NUMÉRO...
TUUT
TUUT
TUUT
SALUT, SENRI !
ITAKURA !
C'ÉTAIT UN PIÈGE DEPUIS LE DÉBUT, C'EST ÇA ?!
AH, TU AS COMPRIS ?!
TU T'INQUIÈTES POUR LE BINOCLARD, J'IMAGINE ?
HA HA !
TANT MIEUX, ÇA IRA PLUS VITE !
ALORS VOILÀ CE QUE TU VAS FAIRE !
POUR COMMENCER, TU SORS DU CAFÉ !
QUOI ?!

IL Y AVAIT CINQ OU SIX MECS...
ÇA SE VOYAIT QUE C'ÉTAIENT DES PROS...
ILS ONT EMBARQUÉ ...
AKIRA !
TU SAIS OÙ ILS L'ONT EMMENÉ ?
T'OCCUPE PAS DE ÇA ...
VA-T'EN !
OUAIS, JE T'AI ENTENDU LA PREMIÈRE FOIS...
TU CROIS VRAIMENT QUE JE VAIS PARTIR COMME ÇA ?
T'ES TROP CON...

TIRE-TOI...
SENRI...
C'EST LA REVANCHE D'ITAKURA ?!
QUI VOUS A FAIT ÇA ? ILS RES-SEMBLAIENT À QUOI ?!

楼蘭
LOULAN
EH !
TOUT VA BIEN ?!
BAM
DING

C'EST MOI AVEC AKIRA !
ÇA DOIT DATER DE QUAND ON EST ALLÉS À L'ATELIER DE YOTSUGI...
NONOGUCHI
QUI A PRIS CE CLICHÉ ?
ET COMMENT ITAKURA L'A RÉCUPÉRÉ ?
...
TAP
MERDE !

UNE RÉ-COMPENSE QUE JE NE MÉRITE PAS...
QUELLE BARBE !
QU'EST-CE QUE ÇA PEUT ÊTRE ?
SCRITCH
HEIN ?
ENCORE UNE PHOTO...
?!

QU'EST-CE QUE TU VEUX, CETTE FOIS ?
EH BIEN ...
COMME TU M'AS RENDU UN SACRÉ SERVICE...
JE TENAIS À TE REMERCIER !
TIENS !
OUAIS, OK... SALUT !
USH
TU POURRAS Y JETER UN ŒIL, TOUT À L'HEURE ?
...
PARFAIT ...
VOILÀ UNE BONNE CHOSE DE FAITE !

COMMENT ÇA SE FAIT ?
QUAND EST-CE QU'ELLE A DISPARU ?
...
PAPY L'AURAIT PRISE ?!
MAIS POURQUOI EST-CE QU'IL FERAIT UNE CHOSE PAREILLE ?
EH, SENRI !
HEIN ?
ITAKURA ?
JE PENSAIS BIEN TE TROUVER ICI !

...
...
LA PHOTO ...
N'EST PLUS LÀ !

JE CROIS BIEN QU'IL A FAIT UNE NUIT BLANCHE...
C'EST VRAI QU'IL RONFLAIT PENDANT LES COURS !
JE LUI ENVERRAI UN MESSAGE POUR LE RÉVEILLER, SI TU VEUX !
OUI, S'IL TE PLAÎT !
ENFIN ...
C'EST NORMAL, APRÈS LA SOIRÉE D'HIER...
MERCI POUR LES LÉGUMES !
À BIENTÔT !
RENTRE BIEN !
QUAND MÊME, IL FAUT TOUJOURS S'OCCUPER DE LUI...

BONJOUR !
JE VIENS CHERCHER ... DES LÉGUMES ...
NAKAJO
Fruits et légumes
TIENS, ENAN... TOUJOURS EN FORME, HEIN !
COUCOU !
BONJOUR...
MA PETITE !
SENRI EST ENCORE AU LYCÉE ?
JE L'AI VU MONTER SUR LE TOIT...
IL EST PEUT-ÊTRE EN TRAIN DE FAIRE LA SIESTE !
ÇA NE M'ÉTONNERAIT PAS...

MERCI !

MAIS TOI...
TU N'Y ES POUR RIEN...
PAS VRAI ?
!
...
SI !

JE CROYAIS ...
... QUE TU ME DÉTESTAIS ...
AH...
PARCE QUE TON PÈRE...
EST UN MEURTRIER, C'EST ÇA ?

TU T'ES BATTU POUR RÉCUPÉRER LES PAGES ARRACHÉES ?
T'EN FAIS PAS ...
IL Y A PARFOIS DU BON ...
À SE PRENDRE DES COUPS !
AH !
SENRI, ATTENDS !
JE CROYAIS ...
EUH ...

TU Y TIENS BEAUCOUP, NON ?

ATLAS DES PAYS DU MO...
POF
CE BOUQUIN ...

PRÊTS ?!
OUAIS, VAS-Y !
BLA BLA
TIENS ?
EH, SENRI !
TU VIENS JOUER AU BASE-BALL ?!
OOOH !
IL SE RAMÈNE !
GÉNIAL !
C'EST LA PREMIÈRE FOIS QU'IL PARTICIPE !
TIENS, JE TE LAISSE TAPER DANS LA BALLE !

COMBIEN DE TEMPS CETTE SOLITUDE...
ALLAIT-ELLE ENCORE DURER ?

"QUAND ON FAIT LE MAL, ON EST TOUJOURS PUNI !
ET CEUX QU'ON AIME AUSSI..."

POF
FRSH
CRÈVE
IDIOTE
FRSH
FRSH
IL EST BIEN, LE LIVRE ACHETÉ AVEC LE FRIC D'UN TUEUR ?!
FRSH

HI HI!
HI HI!
HI HI!
HI HI!
HI HI!
HI HI!
HI HI!
HI HI!
HI HI!
HI HI!
HI HI!
HI HI!
HI HI!
HI HI!
HI HI!
HI HI!
HI HI!
HI HI!
HI HI!
HI HI!
HI HI!
HI HI!
HI HI!
ゆ
ま
ゆ
え
FOYER DE L'ENFANCE
Les Feuilles d'érable
URRR
URRR
URRR
URRR
URRR
URRR

BONNE NUIT !
À DE-MAIN !
DORMEZ BIEN !
BONNE NUIT !
PLIC
!
...
....
HI HI !
HI HI !
HI HI !
HI HI !
HI HI !
HI HI !
HI HI !
HI HI !
HI HI !
HI HI !
HI HI !
HI HI !

ON ÉTAIT TOUS LES DEUX SEULS AU MONDE...
MAIS DANS DES SITUATIONS DIAMÉTRALEMENT OPPOSÉES !
SENRI DEVAIT ME DÉTESTER PLUS QUE QUICONQUE...
ON NE POURRAIT JAMAIS ÊTRE AMIS !

JE RESTAIS TOUT LE TEMPS CACHÉE...
LE JOUR OÙ J'ÉTAIS ARRIVÉE AU FOYER...
JE L'AVAIS VU DESSINER UN BONHOMME SINISTRE...
CRR
ET LUI TRANCHER LA TÊTE AVEC DES CISEAUX !
CRR
CE GARÇON S'APPELAIT ...
SENRI ...
NAKAJO ...
CRR

...
LUI AUSSI ...
IL EST TOUJOURS TOUT SEUL ...
!!

JE VOUS PRÉSENTE … VOTRE NOUVELLE CAMARADE !
ELLE S'APPELLE ENAN KOTOKAWA !
SOYEZ GENTILS …
AVEC ELLE !
BLA
PSST
BLA
BLA
PSST
BLA
…
ATLAS DES PAYS DU MONDE
BLA
BLA
PSST
PSST
PSST
BLA
BLA
BLA
BLA
HA HA!
HA HA!
BLA
BLA
BLA

MAMAN ...
POUR-QUOI ?

URRR
URRR
URRR
URRR
POF
FRSH
CRR
BAM
FRSH
FUIT
CRII
CRII

FAMILLE D'ASSASSINS
KOTOKAWA
SALAUD
ALLEZ MOURIR !
CASSEZ-VOUS !
À MORT
SALAUDS
ASSASSINS
SOYEZ MAUDITS !
FOUTEZ LE CAMP !
ORDURES
ENFOIRÉS
C'EST À VOUS DE CREVER !
TIENS ...
LE REPAS EST PRÊT !
ET TOI ?
TU NE MANGES PAS ?
SI...
MAIS PLUS TARD !
ENAN...
N'OUBLIE JAMAIS...
QUE QUAND ON FAIT LE MAL ...
ON EST TOUJOURS PUNI !
ET CEUX QU'ON AIME AUSSI...

MEURTRE D'UNE MÈRE DE FAMILLE À SUGINAMI : UN HOMME APPRÉHENDÉ
POUR-QUOI TU AS FAIT ÇA...
PAPA ?

#5 : Karma

CLIC

BONNE NUIT...
ENAN !
MERCI !
TOI AUSSI !
CLAC
CLAC

TOILETTES GARÇONS
DONG
DONG
DONG
J'AI FINI !
TU EN AS MIS, DU TEMPS !
C'ÉTAIT LA GROSSE COMMISSION...
TU ES ASSEZ GRAND POUR ALLER TOUT SEUL AUX TOILETTES, NON ?
SÛREMENT PAS !
LES COULOIRS SONT TROP FLIPPANTS !
MAINTENANT QUE TU LE DIS...
ILS ME FAISAIENT PEUT-ÊTRE LA MÊME IMPRESSION, QUAND J'ÉTAIS PETITE...
CRR
CRR
CRR

賢徳慈勇信
C'EST MA MÈRE !
POURQUOI EST-CE QU'IL AURAIT UNE PHOTO D'ELLE ?!

NON, C'EST PAS POSSIBLE !
CE TRUC NE PEUT PAS APPARTENIR...
À L'HOMME À LA CICATRICE !!

LE PORTE-CARTES...
VU QU'IL ÉTAIT AU MILIEU DES ORDURES, J'IMAGINE QU'IL N'Y A RIEN DEDANS...
AH SI !
UN BOUT DE PAPIER !
CE SERAIT TROP BEAU...
SI C'ÉTAIT...
UN INDICE...
!!

C'ÉTAIT SUPER BON !
TANT MIEUX !
ÇA FAIT PLAISIR À ENTENDRE !
JE VAIS ...
PRENDRE UN BAIN...
TU AS LAISSÉ TOMBER ...
QUELQUE CHOSE !
HEIN ?
CE N'EST PAS À M...
AAH !
J'AVAIS OUBLIÉ CE TRUC !

JE NE SAIS PAS SI CE SONT VRAIMENT DES USURIERS...
MAIS UNE CHOSE EST SÛRE, ILS NE SONT PAS NETS !
ILS AVAIENT TOUT L'ATTIRAIL DU PARFAIT KIDNAPPEUR DANS LEURS MALLETTES !
ÇA VEUT DIRE QUE L'HOMME À LA CICATRICE...
EST LOIN DE S'ÊTRE RANGÉ !
IL EST EN CAVALE ...
TRAQUÉ PAR TOUTES SORTES DE CRIMINELS...
L'ENNUI ...
C'EST QUE DE MON CÔTÉ, JE N'AI PLUS AUCUNE PISTE !
MERCI, ENAN !

C'EST À MOI DE RETROUVER...
L'ASSASSIN !
DU COUP, JE PEUX DIRE MERCI À CES DEUX TYPES...
ILS N'ONT MÊME PAS TIQUÉ DEVANT LA TRACE DE BRÛLÉ !
QUAND ON Y RÉFLÉCHIT UN PEU, ÇA VA DE SOI ...
L'HOMME À LA CICATRICE N'EST PAS DU GENRE À SE SUICIDER...
PAS DE DOUTE...
IL EST VIVANT !!
LA MARQUE SUR LE SOL...
C'EST PROBABLEMENT TOUT CE QUI RESTE D'UN DE SES POURSUIVANTS...
PEUT-ÊTRE UN COLLÈGUE DES DEUX AUTRES !

賢徳慈勇信士
心優登頂童子
静照優光清女
LE MEURTRE DE MES PARENTS ...
COMME CELUI DE KAZUTO ...
N'A JAMAIS ÉTÉ RÉSOLU !
ON NE CONNAÎT MÊME PAS LE MOBILE !
LES FLICS POURSUIVENT ENCORE L'ENQUÊTE...
MAIS PAS MOYEN DE COMPTER SUR EUX...

J'AI LA SALLE DE BAINS À NETTOYER !
C'EST TROP TARD, LÀ !
NAKAJO
Fruits et légumes
SPLASH
J'AVAIS ENCORE LE TEMPS...
SPLASH
SPLASH

QUAND ON FAIT LE MAL...
ON EST... TOUJOURS PUNI !
BON... ET MAINTENANT ?
TU VEUX PASSER AU "LOULAN"... HISTOIRE DE TE DÉTENDRE UN PEU ?
EH !
TU M'ÉCOUTES OU TU REGARDES TON TÉLÉPHONE ?
DÉSOLÉ... MAIS JE DOIS RENTRER !
TU TE SOUVIENS ?

SENRI !
JE SAIS QUE TU EN AS MARRE DE L'ENTENDRE ...
MAIS N'OUBLIE PAS...
QUE CEUX QUI COMMETTENT DES CRIMES ...
FINISSENT TOUJOURS ...
PAR LE PAYER !

C'ÉTAIT COMME DANS UN RPG ! JE SUIS PASSÉE D'UNE QUÊTE ...
À L'AUTRE !
C'EST PAS UN BRIQUET, ÇA !
NON...
C'EST MON BAUME À LÈVRES !
ET JE NE M'ÉTAIS PAS ASPERGÉE D'ESSENCE... C'ÉTAIT JUSTE DE L'EAU !
...
ALORS TOI, TU ES INCROYABLE ...
TU PARLES !
J'AI ENCORE ...
LES MAINS QUI TREMBLENT !

HOP, TERMINÉ !!
CLAP
COMMENT ... EST-CE QUE TU AS SU OÙ ME TROUVER ?
J'AI GALÉRÉ, TU SAIS !

JE NE TE LAISSERAI PAS...
DEVENIR UN ASSASSIN !
FICHEZ LE CAMP, VOUS DEUX !
OU VOUS PRÉFÉREZ QUE CE SOIT MOI QUI METTE LE FEU ?

MAIS QUATRE DE PLUS !
SI TU RENVERSES CE BRIQUET ...
ON PARTIRA TOUS EN FUMÉE !

GLOU
GLOU GLOU GLOU
CE NE SERA PAS DEUX...
SPLASH
SPLASH
SPLASH

C'EST PAS VOUS QUI ALLEZ LUI METTRE LA MAIN DESSUS ...
C'EST MOI !
QUELLE PLAIE, CE MORVEUX !
SI J'ÉTAIS SEUL...
J'ARRIVERAIS PEUT-ÊTRE À M'ENFUIR...
?!
C'EST MOI, OU LE NIVEAU A MONTÉ ?!
VA FALLOIR VOUS DÉCIDER À PARLER...
SINON, IL Y AURA DEUX MARQUES NOIRES DE PLUS SUR LE SOL !
ABRUTI !!
BLOP
BLOP
BLOP
BLOP

ON N'EST PAS À ÉGALITÉ, NON...
JE PEUX ENCORE BOUGER !
JE VAIS REFORMULER MA QUESTION ...
OU PLUTÔT REPOSER CELLE DU DÉBUT... VOUS ÊTES QUI ?
COMMENT EST-CE QU'ON VA S'EN SORTIR ?
C'EST PAS COMME SI L'ESSENCE ALLAIT S'ÉVAPORER !
...
NOTRE BOULOT ...
C'EST DE PRÊTER DE L'ARGENT !
ALORS C'EST UNE HISTOIRE DE POGNON ?
VOILÀ !
VOUS DEVEZ AVOIR UNE PHOTO DE VOTRE CIBLE...
JE LA VEUX !
TU RÊVES ? ON N'A RIEN SUR NOUS...
ON A MÉMORISÉ SA TRONCHE !
ALORS DITES-MOI...
TOUT CE QUE VOUS SAVEZ SUR LUI !

...
OUAIS, C'EST ÇA !
VOUS... LUI VOULEZ QUOI ?
ÇA, C'EST PAS TES AFFAIRES !
APPAREMMENT, TOI AUSSI, TU EN AS APRÈS LUI...
POURQUOI ?
...
C'EST MOI QUI POSE...
LES QUES- TIONS...
BON, TU NE PEUX PAS RÉPONDRE ET NOUS NON PLUS !
J'AIME PAS DU TOUT SON REGARD ...
IL SERAIT BIEN CAPABLE DE FOUTRE LE FEU !
VOILÀ CE QUE JE TE PRO- POSE...
ON DÉ- CLARE MATCH NUL...
ET CHACUN REPART DE SON CÔTÉ !

ÇA PUE L'ESSENCE ...
AU MOINDRE MOUVEMENT, IL NOUS TRANSFORME EN TORCHES HUMAINES !
V... VOUS ... POUR-CHASSEZ ...
HAN
HAN
M. YAMADA ...
C'EST ÇA ?

FLOP
ヨロ…
IL NOUS AURA BIEN PRIS LA TÊTE, CELUI-LÀ...
KOF
BRR
BRR
EH !
FAIS GAFFE !
HEIN ?
!!
GLOU
GLOU
GLOU

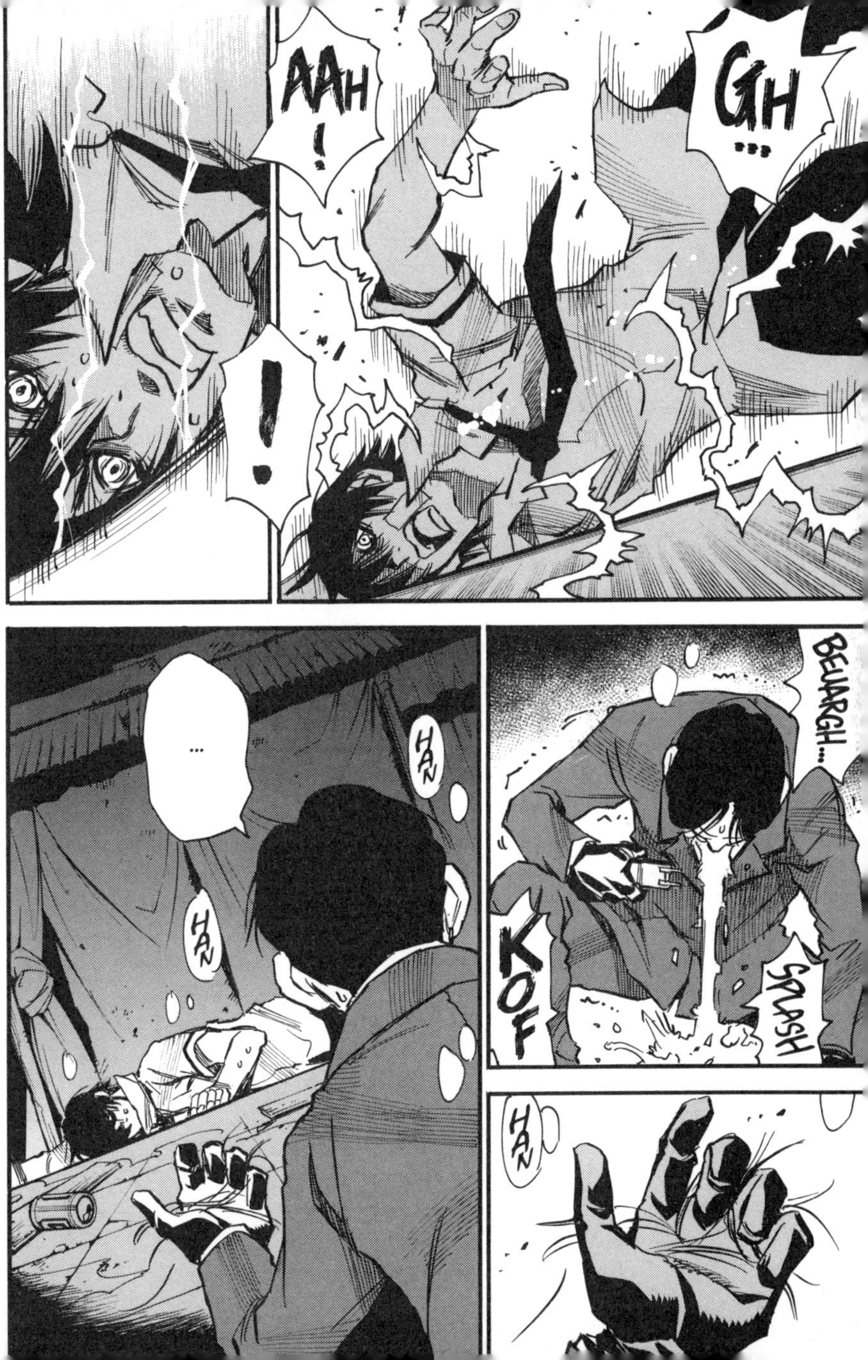
GH...
AAH!
!
BEUARGH...
SPLASH
KOF
...
HAN
HAN
HAN

DZZZT
!!

FUIT
DZZZT
DZZZT
DZZZT
VLAN

QU'EST-CE QUE...
JE T'AVAIS DIT ?
!!
AAH !
DZZZT

VSH
VSH
CRAC
GH...
AAAAH...
IL...
IL AVAIT RAMASSÉ UNE PLANCHE !!

MÉFIE-TOI !
T'INQUIÈTE...
IL N'EST PAS...
ARMÉ !
VSH

#4 : Poursuivants

PLAF
DZZZT
CLAC
VSH

...
VOUS LUI MARCHEZ DESSUS !
TE FOUS PAS DE NOTRE GUEULE...
GAMIN !
?
HEIN ?
ENFIN BON, C'EST PAS COMME SI ON ÉTAIT VENUS LES MAINS VIDES !
TANT PIS POUR TOI ...

OÙ EST M. YAMAMOTO ?
AH NON ...
C'EST "YAMADA", MAINTE-NANT !
ENFIN, PEU IMPORTE !

TAP

...
VOUS ÊTES QUI... VOUS ?!

FRSH
FRSH
?
FRSH
UN PORTE-CARTES ?

BAM
!!
PLOC

PLOF
"IL PARAÎT QU'IL S'EST IMMOLÉ PAR LE FEU..."
BAM
SALE ...
EN-FOIRÉ ...
DE MERDE !!
TU AS OSÉ CREVER DANS TON COIN...
APRÈS AVOIR ASSASSINÉ KAZUTO !!

立入禁止 KEE
EEP OUT
OUT 立入禁止
KEEP O

BAM

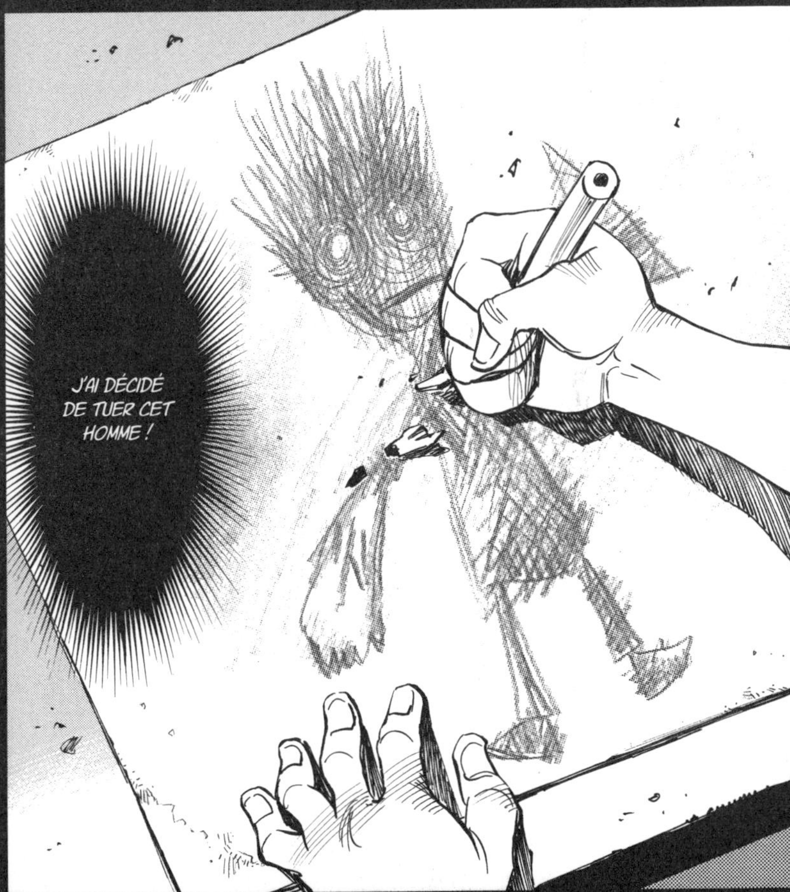
J'AI DÉCIDÉ DE TUER CET HOMME !

TAC
LA TERREUR S'EST PEU À PEU...
CHANGÉE EN HAINE !
JE SAIS CE QUE JE DOIS FAIRE, KAZUTO !
TAC
J'AI ALORS TROUVÉ ...
UNE SOLUTION POUR DOMINER MA PEUR...

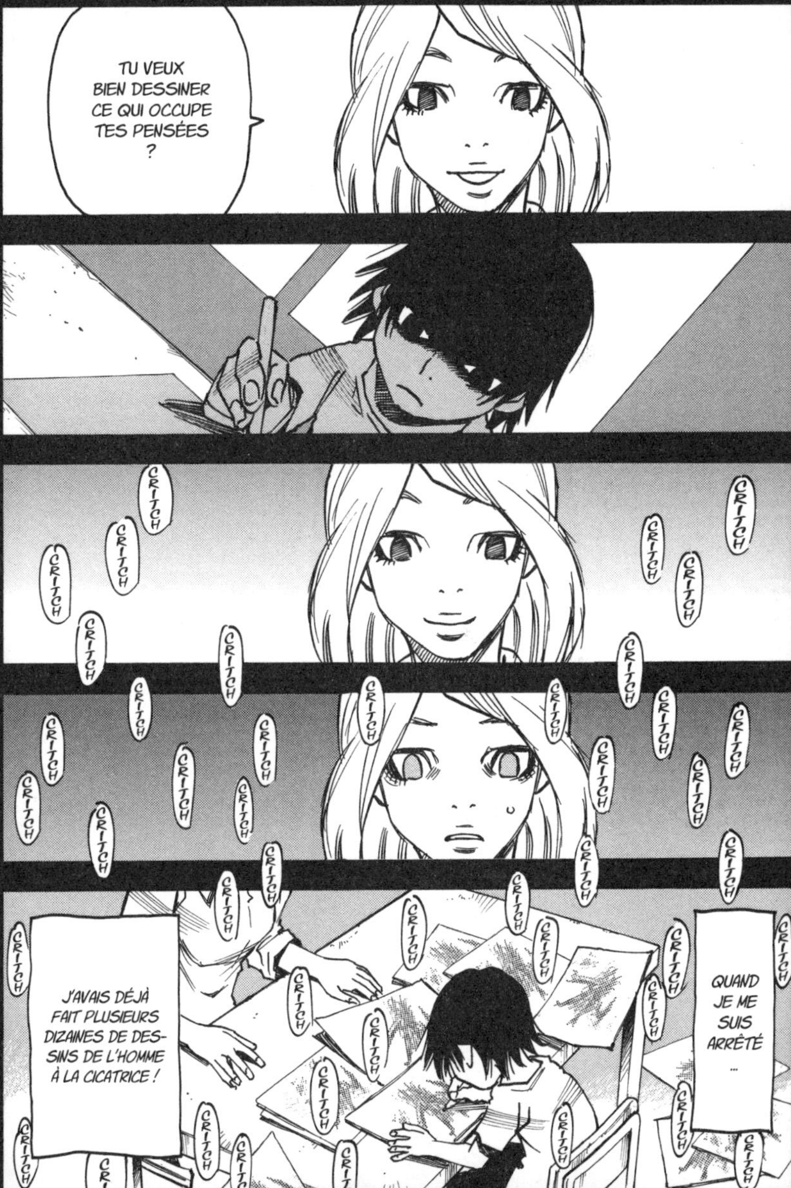
TU VEUX BIEN DESSINER CE QUI OCCUPE TES PENSÉES ?
CRITCH
CRITCH
CRITCH
QUAND JE ME SUIS ARRÊTÉ...
J'AVAIS DÉJÀ FAIT PLUSIEURS DIZAINES DE DESSINS DE L'HOMME À LA CICATRICE !

AU FIL DES JOURS, J'AI BIEN FINI PAR ME RENDRE À L'ÉVIDENCE...
FOYER DE L'ENFANCE Les Feuilles d'érable
KAZUTO ÉTAIT MORT !
L'ESPOIR QUI M'AVAIT AIDÉ À TENIR LE COUP...
A CÉDÉ LA PLACE À UNE NOUVELLE ÉMOTION...
LA TERREUR !

PENDANT QUE J'ÉTAIS INCONSCIENT, MES GRANDS-PARENTS MATERNELS...
S'ÉTAIENT RELAYÉS POUR ME VEILLER PENDANT TROIS JOURS ET TROIS NUITS...
ILS M'ONT EXPLIQUÉ...
QUE J'AVAIS DU MAL À OUVRIR LES YEUX PARCE QUE MES LARMES N'AVAIENT PAS ARRÊTÉ DE COULER...
DEUX SEMAINES APRÈS MON RÉVEIL...
J'AVAIS ENCORE LES MEMBRES ENGOURDIS...
J'ARRIVAIS À PEINE À TENIR MA CUILLÈRE !

...
KAZUTO EST MORT ...
IL EST PARTI...
ET JE SUIS TOUT SEUL !

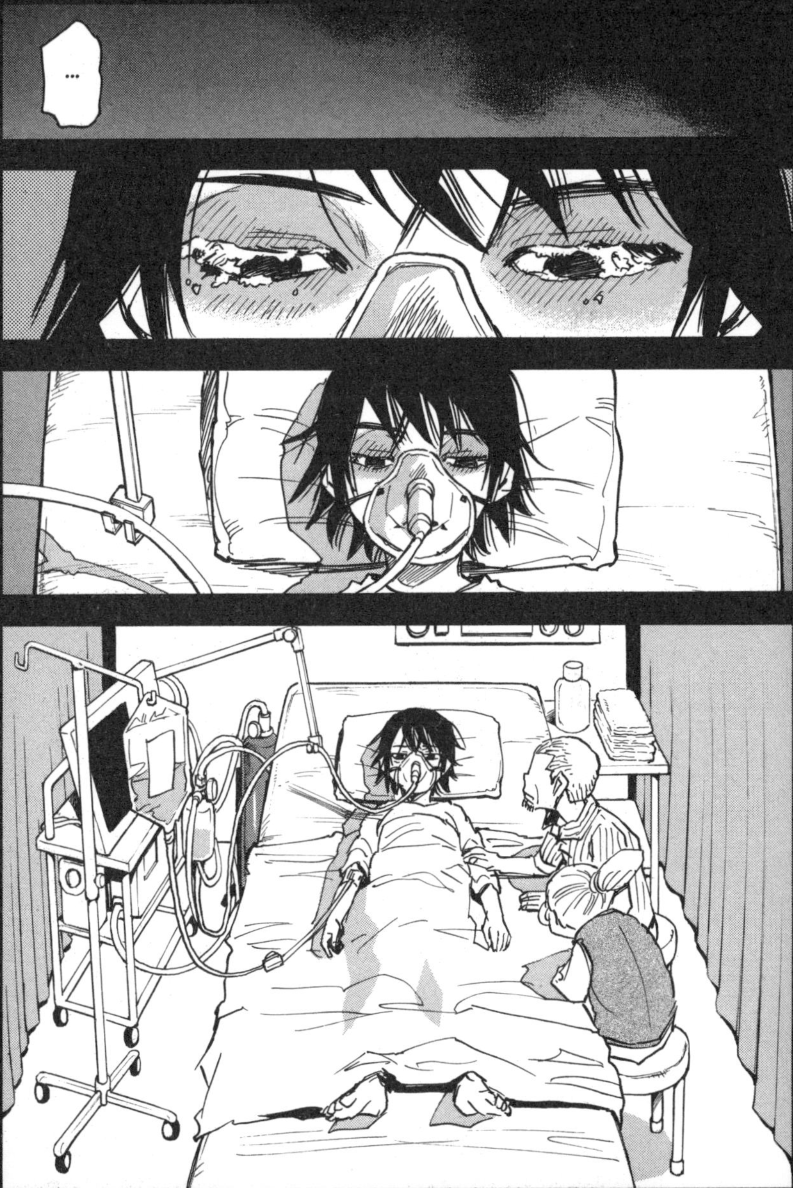

C'ÉTAIT NOTRE DERNIER PARTAGE DE VISION.

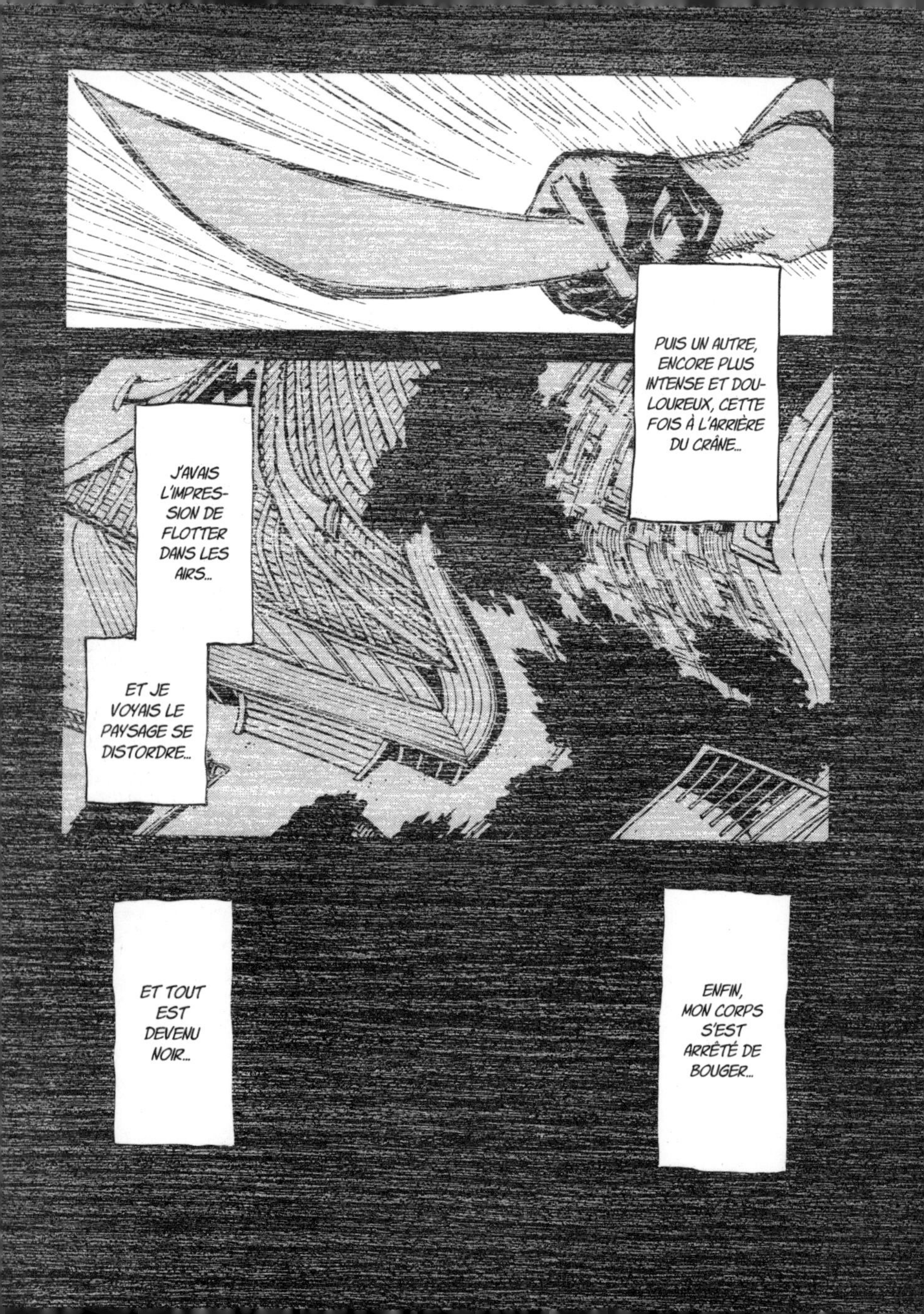
PUIS UN AUTRE, ENCORE PLUS INTENSE ET DOULOUREUX, CETTE FOIS À L'ARRIÈRE DU CRÂNE...
J'AVAIS L'IMPRESSION DE FLOTTER DANS LES AIRS...
ET JE VOYAIS LE PAYSAGE SE DISTORDRE...
ENFIN, MON CORPS S'EST ARRÊTÉ DE BOUGER...
ET TOUT EST DEVENU NOIR...

AH !
POF
J'AI D'ABORD SENTI UN CHOC VIOLENT ET UNE DOULEUR AU FRONT...
GH...

FOYER DE L'ENFANCE Les Feuilles d'érable
MAIS UN SOIR...
C'EST ARRIVÉ SANS PRÉ-VENIR...
BAM
!!

KAZUTO EST VIVANT...
ALORS RETROUVEZ-LE VITE !

EN PLUS DE LA PSYCHOLOGUE QUI PASSAIT DEUX FOIS PAR SEMAINE...
UN JEUNE INSPECTEUR QUI S'INQUIÉTAIT POUR MOI...
ME RENDAIT VISITE TOUS LES JOURS...
QUAND J'APERCEVAIS SA VOITURE...
JE ME DISAIS QUE KAZUTO ÉTAIT PEUT-ÊTRE DEDANS...
ET À CHAQUE FOIS, C'ÉTAIT LA DÉCEPTION !
UN MOIS APRÈS LE DRAME...
LE DÉFAITISME COMMENÇAIT À S'INSTALLER...
MÊME UN ENFANT POUVAIT LE SENTIR !
POURTANT LE POLICIER CONTINUAIT À ME RENDRE VISITE...
ALORS JE LUI AI DIT...
MONSIEUR !

"LES FEUILLES D'ÉRABLE" EST UN FOYER POUR LES ENFANTS QUI, POUR DIVERSES RAISONS, NE PEUVENT PLUS VIVRE AVEC LEURS PARENTS...
COMME ON CRAIGNAIT QUE JE SOUFFRE DE STRESS POST-TRAUMATIQUE, ON M'A GARDÉ QUELQUE TEMPS EN OBSERVATION LÀ-BAS...
ON ÉTAIT SIX PAR CHAMBRE...
MAIS...
ÇA NE M'EMPÊCHAIT PAS D'ÊTRE SEUL !
LA NUIT...
CET ESPACE VIDE À CÔTÉ DE MOI, LÀ OÙ MON FRÈRE AURAIT DÛ SE TROUVER...
ME BRISAIT LE CŒUR !
OÙ EST-CE QUE KAZUTO DORMAIT ? EST-CE QU'IL S'ÉTAIT DÉJÀ COUCHÉ ? EST-CE QU'IL AVAIT UN LIT ? CE GENRE DE QUESTIONS ME TROTTAIT SANS CESSE DANS LA TÊTE...

BLA
BON APPÉTIT !
BLA
JE PRENDS CETTE SAUCISSE !
OH NON !
BLA
QUI VEUT MES BROCOLIS ?
DIS DONC ! FINIS TON PLAT TOUT SEUL !
CLAC
CLAC
BLA
OK, OK...
BLA
......
...
...
JE ME DEMANDAIS CE QUE DEVENAIT MON FRÈRE...
EST-CE QU'IL AVAIT DE QUOI SE NOURRIR ?
IL Y AVAIT TOUS CES BONS PETITS PLATS ÉTALÉS DEVANT MOI...
JE ME SENTAIS ÉGOÏSTE À L'IDÉE D'ÊTRE LE SEUL À ME REMPLIR LE VENTRE...
QU'AURAIT FAIT KAZUTO À MA PLACE ?
IL N'AURAIT SANS DOUTE PAS VOULU QUE JE LE RETROUVE TOUT MAIGRE...
ALORS J'AI DÉCIDÉ DE MANGER JUSQU'À LA DERNIÈRE MIETTE DE MON REPAS !

#3 : La décision
IL ME RESTAIT ...
UNE LUEUR D'ESPOIR ...

POUR NOUS, ÊTRE ENSEMBLE ÉTAIT UNE ÉVIDENCE...
ON N'IMAGINAIT PAS LE MONDE...
AUTREMENT !
QUAND ON M'A ENLEVÉ KAZUTO, LE CENTRE DE MON UNIVERS ...
LA TRISTESSE EST DEVENUE TOUT CE QUE JE RESSENTAIS.
SEULEMENT...
COMME JE N'AVAIS PAS...
ASSISTÉ À SA MORT...

BIEN SÛR, DÉCOUVRIR LES CADAVRES ENSANGLANTÉS DE SES PARENTS...
EST UNE EXPÉRIENCE TRAUMATISANTE, SURTOUT POUR UN ENFANT...
MAIS MÊME À MON ÂGE, JE SAVAIS...
QUE MON PÈRE, QUI AVAIT L'ALCOOL VIOLENT...
ET MA MÈRE, QUI LE LAISSAIT FAIRE SANS RIEN DIRE, NE S'INTÉRESSAIENT PAS BEAUCOUP À NOUS...
JE N'AI PAS...
RESSENTI LA MOINDRE TRISTESSE À LEUR MORT !
UNE SEULE CHOSE OCCUPAIT MON ESPRIT...
LA DISPARITION...
DE MON FRÈRE !

LES FLICS ONT COLLÉ ÇA IL Y A UNE SEMAINE !
QU...
QU'EST-CE QUI S'EST PASSÉ ?
...
LE TYPE QUI SQUATTAIT ICI...
YAMADA
EST MORT !

立入禁止 KEEP OUT
C'EST QUOI, CE DÉLIRE ?

IL Y A ÉCRIT "AU FOND" ! DONC CE N'EST PAS ICI...
MAIS ... DERRIÈRE LA RÉSIDENCE !
QUOI ?
CETTE PORTE DONNE BIEN SUR UN APPARTEMENT, ALORS ?
QUELQU'UN VIVAIT LÀ IL N'Y A PAS LONGTEMPS, C'EST VRAI...
MAIS ON NE PEUT PAS VRAIMENT PARLER D'"APPARTEMENT"...
COMMENT ÇA ?
VAS-Y ET TU VERRAS !
C'EST CE QUE JE M'APPRÊTAIS À FAIRE, FIGUREZ-VOUS !
JE NE T'ARRÊTERAI PAS, CETTE FOIS...
...
HEIN ?
UN IMMEUBLE DÉSAFFECTÉ ?

TU N'HABITES PAS ICI !
ON NE VEUT PAS DE RÔDEUR CHEZ NOUS...
VA-T'EN OU J'APPELLE LA POLICE !
EUH...
RAAAH, ENCORE UNE PER-SONNE TROP CURIEUSE !
JE CHERCHE QUELQU'UN QUI A RÉCEMMENT EMMÉNAGÉ ICI...
C'EST PEUT-ÊTRE MON PÈRE !
QUOI ?!
N'ESSAIE PAS DE M'EM-BROUILLER !
ÇA FAIT UN AN QU'IL N'Y A PAS EU DE NOUVEAU LOCATAIRE !
TU ES UN VOLEUR, AVOUE !
PAS DU TOUT, BON SANG !
ON M'A DONNÉ CETTE ADRESSE ...
ET J'AI ATTERRI DANS CETTE RUINE !
Tokyo, Katsushika, Shinkoiwa sud
...
J'Y PEUX RIEN SI ON M'A MAL REN-SEIGNÉ !

東関東プロレス
...
ÇA DOIT ÊTRE PAR LÀ...
CRII
DIS DONC, TOI !
Nice stick
QU'EST-CE QUE TU VEUX ?!

RÉSIDENCE DES ALOUETTES
EN TOUT CAS...
JE SUIS AU BON ENDROIT !
HAN
C'EST ICI...
QU'IL HABITE !!
APPAREMMENT...
6-2
(au fond)
C'EST L'APPARTEMENT LE PLUS AU FOND...
CRR
CRR
CRR

"SHINKOIWA" ?
IL N'EST PAS ALLÉ BIEN LOIN ...
J'AI ENFIN ... RETROUVÉ TA TRACE, ENFOIRÉ !
NE BOUGE PAS, J'ARRIVE !
TAP
HAN HAN
HAN
HAN
PFIOU...
J'AURAIS DÛ... PRENDRE MON VÉLO ...

CHOMP
CHOMP
JE VOIS...
TU L'AS RECONNUE À LA TÉLÉ !
CHOMP
PAS DE DOUTE, ALORS...
C'EST BIEN TON PÈRE !
IL NE SE CONFIAIT JAMAIS ET C'ÉTAIT DIFFICILE DE LUI DONNER UN ÂGE...
IL POURRAIT AVOIR AUSSI BIEN LA TRENTAINE QUE LA CINQUANTAINE !
JE SAIS JUSTE QU'IL HABITAIT SEUL DANS UN VIEIL APPARTEMENT...
SON LOGEMENT ACTUEL EST DU MÊME STYLE, JE CROIS... C'EST DANS UNE RÉSIDENCE QUELQUE CHOSE...
VOUS SAVEZ OÙ IL A EMMÉNAGÉ ?!
EUH... OUAIS...
COMME JE LUI AVAIS EMPRUNTÉ DE L'ARGENT POUR LE RESTO...
IL M'AVAIT DONNÉ SA NOUVELLE ADRESSE...
DÉSOLÉ !
VOUS AURIEZ PU LE DIRE PLUS TÔT !!
商い中
入口

400円 450円 250円 350円 100円
DÉSOLÉ POUR LA NOTE, HEIN !
BLA BLA BLA
JE SUIS UN GRAND MANGEUR !
PAS DE SOUCI !
BLA
JE VIENS DE TOUCHER MON SALAIRE...
J'AI DE QUOI PAYER...
BON...
SENRI, C'EST ÇA ?
BLA
CHOMP CHOMP CHOMP
DONC TU ES LE FILS DE M. YAMADA ?
BLA BLA BLA
EN FAIT, JE N'EN SUIS PAS SÛR...
"YAMADA", C'EST UN NOM COURANT...
ET COMME MON PÈRE EST PARTI QUAND J'ÉTAIS GOSSE, JE NE SAIS RIEN DE LUI !
À PART ...
QUE SUR LE BRAS, IL A UNE CICATRICE...
QUI RESSEMBLE À L'IDÉOGRAMME DU FEU !

TU T'ENTENDAIS BIEN AVEC M. YAMADA, NON ?
OUI, ENFIN, PAS PLUS QUE ÇA... ON A MANGÉ DEUX OU TROIS FOIS ENSEMBLE, C'EST TOUT !
CE GARÇON EST PEUT-ÊTRE SON FILS...
TU VEUX BIEN DISCUTER UN PEU AVEC LUI ?
BIEN SÛR...
PAS DE PROBLÈME !
NOBU POURRA SÛREMENT TE RENSEIGNER !
MERCI BEAUCOUP !
MOI AUSSI...
J'AURAIS DEUX MOTS À DIRE À TON PÈRE...
FAIS-MOI SIGNE QUAND TU L'AURAS TROUVÉ !
南勝食堂
揚げ物
焼き物
BLA
BLA
BLA
BLA
入口
あじフライ
ALLEZ...
BON APPÉTIT !!

DANS LA BOÎTE ?
IL N'AVAIT PAS D'AMI …
HMM …
C'ÉTAIT PLUTÔT UN SOLITAIRE …
PATRON !
À DEMAIN …
AH, NOBU !
ATTENDS UN PEU !
CRR
FUIT

AH... D'ACCORD !
TU ES LE FILS DE M. YAMADA ?!
...
L'ENNUI...
C'EST QU'IL A DÉMISSIONNÉ JUSTE APRÈS LE REPORTAGE !
C'ÉTAIT IL Y A ENVIRON DEUX SEMAINES...
ENFIN, QUAND JE DIS "DÉMISSIONNÉ"...
IL A JUSTE CESSÉ DE VENIR DU JOUR AU LENDEMAIN !
JE ME DOUTAIS BIEN QU'IL AVAIT DES PROBLÈMES...
IL N'ÉTAIT PAS DU GENRE BAVARD !
ALORS COMME ÇA, IL AVAIT UN GOSSE ?
JE L'AVAIS ENGAGÉ PARCE QU'IL AVAIT UNE LETTRE DE RECOMMANDATION...
ET IL M'A REMERCIÉ EN SE TIRANT SANS LAISSER D'ADRESSE !
TU LUI RESSEMBLES UN PEU...
LUI AUSSI, IL FAISAIT DANS LES 1 M 80 !
SI JAMAIS TU LE RETROUVES, TOUCHE-M'EN UN MOT !
"YAMADA"...
ÇA, C'EST UN COUP DE BOL !
JE SUIS MAL PLACÉ POUR CRITIQUER...
MAIS IL A CHOISI LE FAUX NOM LE PLUS BANAL QUI SOIT !!

J'AI PAS ENTENDU ...
CLANG
CLANG
URRRR
CLANG
CLANG
QUI ÇA ?
LE TYPE ...
QUI MANIPULAIT L'ÉTAU DERRIÈRE VOUS, À LA TÉLÉ !
NON, JE TE DEMANDE...
QUI TU ES, TOI !
MERDE, JE SUIS TOMBÉ...
SUR UN FOUINEUR !
JE M'APPELLE SENRI YAMADA ...
JE SUIS EN TERMINALE...
ET JE SUIS À LA RECHERCHE DE MON PÈRE !

JE DIS ÇA...
PARCE QUE TU AS LA TRONCHE DU MEC QUI EST VENU BUTER QUELQU'UN !
CRR
EN PLEIN DANS LE MILLE !
AVEC LA TÊTE QUE TU TIRES, PERSONNE NE VOUDRA TE PARLER !
...
ENCORE DANS LE MILLE !
PAF
PAF
TU AS RAISON ...
CIMER !
JE T'EN FICHE-RAIS...
DES "CIMER" ...
ABRUTI !

TU NE RÉPONDS PAS ?
NON, C'EST BON !
SYMPA ...
C'EST ICI !
OK... À PLUS !
URRRRR
CRIII
BAM
CLANG
CLANG
CLANG
MINUTE !
NONOGUCHI
JE NE SAIS PAS CE QUE TU LEUR VEUX...
MAIS ÇA POURRAIT PAS ATTENDRE DEMAIN ?
TU ME GONFLES !
QU'EST-CE QUE TU PIGES PAS DANS "MAINTENANT" ?!

C'EST GENTIL …
À LA PROCHAINE ! RENTRE BIEN !
OK !
ENCORE MERCI !
HOP ! ENVOYÉ !
J'ESPÈRE...
QU'IL NE FAIT PAS TROP DE BÊTISES...

NAKAJO
Fruits et légumes
POF
VOILÀ...
C'EST LE DERNIER !
FINISSEZ-LES AVANT APRÈS-DEMAIN !
MERCI !
TU NOUS GÂTES À CHAQUE FOIS...
OH, C'EST RIEN ! DE TOUTE FAÇON, CE SONT DES PRODUITS QUE JE NE PEUX PLUS VENDRE...
MAIS ILS SONT ENCORE BONS !
PAS DE TRACES DE SENRI ?
NON...
TU LE CONNAIS, TOUJOURS EN VADROUILLE !
ÇA TE DÉRANGERAIT DE LUI ENVOYER UN MESSAGE POUR LUI DIRE DE NE PAS TROP TARDER ? IL Y A LA SALLE DE BAINS À NETTOYER !
PAS DE PROBLÈME...
JE M'EN OCCUPE !

PLOF
PFF...
À YOTSUGI !
QUOI ?!
EN FAIT ...
J'ÉTAIS RESTÉ SUR CETTE CHAÎNE...
PARCE QU'ON VOYAIT MON QUARTIER !
CONDUIS-MOI LÀ-BAS !
MAINTENANT !

WISKEY
......
......
AUCUN DE VOUS NE SAIT ...
OÙ EST CET ATELIER ?!

KAZUTOOO !!
C'ÉTAIT...
L'AVANT-DERNIÈRE VISION...
QUE MON FRÈRE PARTAGEAIT AVEC MOI...

TING
TING
TING
TING
KAZUTO
...
KAZUTO
!

KAZUTO !
OÙ EST-CE QU'IL EST ?!
CRAC
AAH !
AAH...
AAH !
TING
TING
TING

FLOP
QU…
QUOI ?
MAIS…
PAPA…
MAMAN…

KAZUTO !!
QU'EST-CE QUI S'EST PASSÉ ?!
RÉPONDS-MOI !

GH...
MA PARALYSIE A PRIS FIN ...
QUAND UNE DOULEUR M'A FOUDROYÉ L'ÉPAULE... C'ÉTAIT COMME SI ON ME TORDAIT LE BRAS POUR L'ARRACHER !
AAAAAAAH !
AAAH !
AAAH...
BAM
CRAC

BAM
PLIC PLIC
PUIS IL Y A EU UN BRUIT SI FORT QU'IL A RÉSONNÉ EN MOI...
PLIC PLIC PLIC
CRR
PLIC
ET LES VOIX SE SONT TUES.
PLIC CRR PLIC
J'ÉTAIS INCAPABLE DE BOUGER ...
PLIC CRR PLIC
CRR PLIC
PAS À CAUSE DE MON ACCORD AVEC KAZUTO ...
PLIC PLIC PLIC PLIC
MAIS PARCE QUE...
J'ÉTAIS TÉTANISÉ PAR LA PEUR !
PLIC PLIC PLIC PLIC PLIC

PLIC
KAZUTO ...
.....
N'A TOUJOURS RIEN ?
.....
PLIC
CLANG
BOUM
!
TU...
BAM
BAM
AH !
.....
LES MINUTES PASSAIENT ET LA DOULEUR NE VENAIT PAS...
.....
CLANG
EH !
.....
PAR CONTRE, J'AI COMMENCÉ À ENTENDRE DU VACARME...
.....
ET DES CRIS BIZARRES !
BAM

MAIS CETTE NUIT-LÀ, IL Y AVAIT QUELQUE CHOSE DE DIFFÉRENT...
FSHHHHHH
PLIC
PLIC
PLIC
PLIC
PLIC
PLIC
PLIC
.....
.....
.....
...
.....
.....
CRR
CRR
CRR
CRR
CRR
CRR
?

CLAC
FINALEMENT, C'EST ENCORE MOI QUI ME SUIS RETROUVÉ DANS LE PLACARD...
COMME JE SAVAIS QUE KAZUTO FAISAIT ÇA POUR MOI...
ET QUE JE PARTAGERAIS SA DOULEUR...
PLIC
PLIC
PLIC
PLIC
PLIC
......
PLIC
......
......
JE SUIS RESTÉ ASSIS EN SILENCE...
PLIC
PLIC
COMME D'HABITUDE ...
PLIC
PLIC
PLIC
FSHHHH

D'ACCORD ...
MAIS JUSTE AUJOURD'HUI !
JE COMPTAIS BIEN REMETTRE L'IDÉE SUR LE TAPIS À CHAQUE FOIS !
OK !
PIERRE ... FEUILLE ...
PENDANT UNE FRACTION DE SECONDE...
J'AI VU KAZUTO PRÉPARER LES CISEAUX...
DONC J'AI FAIT PIERRE, ET J'AI PERDU !
C'EST LIMITE DE LA TRICHE !
QUI T'A APPRIS CE TRUC ?
......
J'Y AI PENSÉ TOUT SEUL !
COMME TU AS DE BONS YEUX, JE ME SUIS DIT QUE ÇA POUVAIT MARCHER...
POUR DE VRAI ?!
TU ES TROP FORT !
......
......

IL SE SOÛLAIT DANS LE SALON...
ET COUVRAIT MA MÈRE DE REPROCHES...
POUR-QUOI...
ELLE NE VA PAS DANS UNE AUTRE PIÈCE ?
POUR QUOI FAIRE ?
IL LA SUIVRAIT POUR LA BATTRE !
BON, RENTRE DANS LE PLACARD !
NON !
ON N'A QU'À DÉCIDER À PIERRE-FEUILLE-CISEAUX, POUR UNE FOIS !
CE MANÈGE NE S'ARRÊTAIT ...
QUE QUAND KAZUTO S'INTERPOSAIT POUR PRENDRE UN COUP...
ÇA SE TERMINAIT TOUJOURS DE CETTE FAÇON.

FSHHHH
LE JOUR DU DRAME, IL Y A 13 ANS...
IL PLEUVAIT EXTRÊMEMENT FORT...
PLIC
LE BRUIT DES GOUTTES QUI S'ÉCRASAIENT SUR LE TOIT NOUS APAISAIT UN PEU...
PARCE QU'IL COUVRAIT PRESQUE...
LES CRIS DE NOTRE PÈRE...

QUAND L'UN DE NOUS SUBISSAIT UNE FORTE DOULEUR...
L'AUTRE LA RESSENTAIT AU MÊME INSTANT !
ET TOUT DE SUITE APRÈS...
CE QUE LA VICTIME DIRECTE...
AVAIT VU JUSTE AVANT LE CHOC...
DÉFILAIT DANS LA TÊTE DE SON FRÈRE !
POUR NOUS...
C'ÉTAIT PARFAI-TEMENT NORMAL...
ON CROYAIT QUE TOUS LES JUMEAUX ÉTAIENT COMME ÇA !

ALORS ...
AUTANT Y ALLER CHACUN SON TOUR !
NON !
JE SUIS LE GRAND FRÈRE, C'EST À MOI DE LE FAIRE !
IL VOULAIT SANS DOUTE...
ME PROTÉGER ...
ON S'ÉTAIT TOUJOURS ENTENDUS À MERVEILLE...
ON PARTAGEAIT PRATIQUEMENT TOUT...
LES JOUETS, LES VÊTEMENTS...
MAIS AUSSI LES ÉMOTIONS, PUISQU'ON ÉTAIT TRÈS SOUVENT ENSEMBLE...
JUSQU'À LA SOUFFRANCE ...
ET LA VUE !

CLIC
CLIC
CLAC
CRR
ÇA SERT À RIEN ... KAZUTO...
MOI AUSSI ... J'AI EU MAL !
JE SAIS BIEN ...
MAIS SI TU AVAIS PRIS UN COUP...
ÇA AURAIT ÉTÉ DEUX FOIS PIRE POUR NOUS DEUX !

...
AÏE...

PAF
FLOP
HAN

......
CRR
BAM
À CAUSE DE TOI ...
N'IMPORTE QUOI !
VOILÀ !
?!
CLAC
RÉPÈTE UN PEU ?!
PAF
... NE ME REGARDE PAS COMME ÇA !
VLAN
CLANG
PAPA ... ARRÊTE !!
FOUS-MOI LA PAIX... KAZUTO !!

QU'EST-CE QUE TU CROIS ?!
MAIS ...
COMBIEN DE FOIS EST-CE QUE JE DEVRAI...
!
JE...
...
PAPA A BU...
AUJOUR-D'HUI...
BON SANG !
CE N'EST PAS...
QU'EST-CE QU...
ALORS NE BOUGE PAS DE LÀ !
...
C'EST BON...
......
JE PRÉFÈRE RESTER AVEC TOI !
.....
NON !
....
PAS LA PEINE QU'ON SE FASSE FRAPPER TOUS LES DEUX !
....

#2 : Traque

JE SAIS OÙ SE TROUVE ...
L'HOMME À LA CICATRICE ...

QUE JE VAIS TUER !

L'HOMME...

JE L'AI ENFIN TROUVÉ !

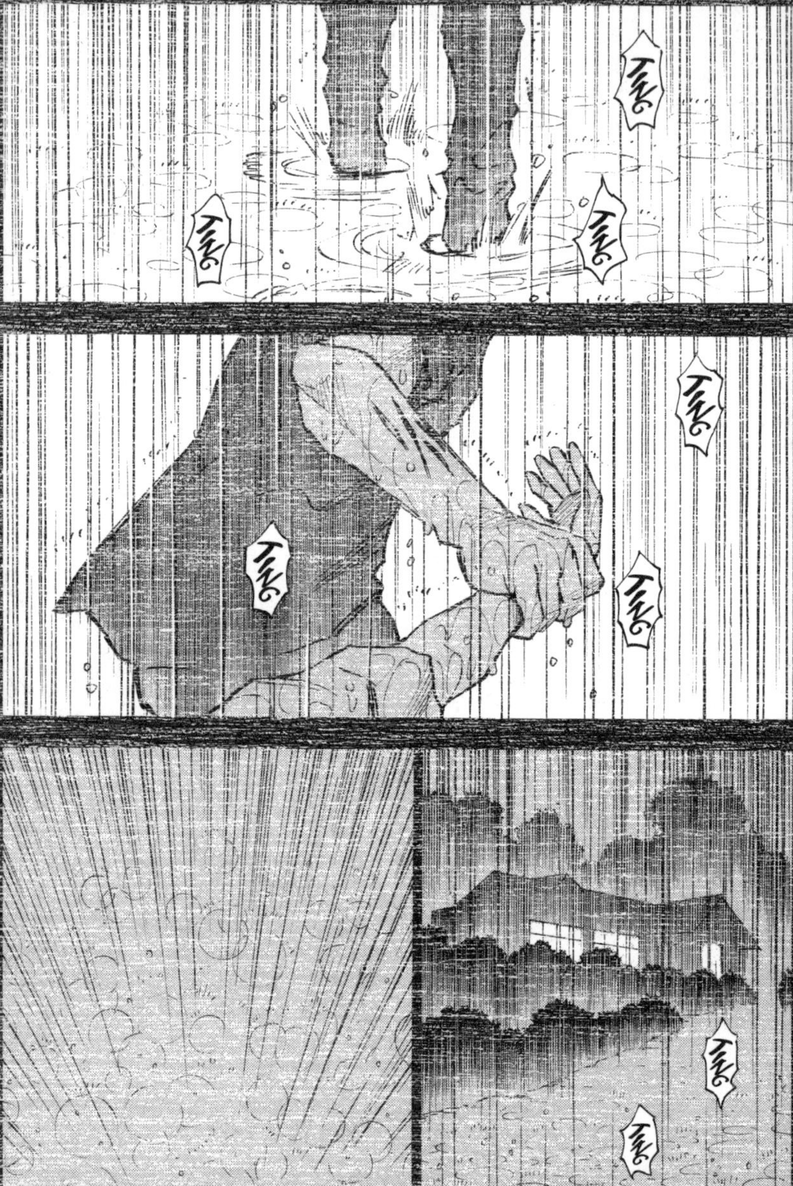
TING
TING
TING
TING
TING
TING
TING
TING

TING
TING
TING
TING
JE L'AI TROUVÉ !
TING

VLAN
BAM

AAH!
VSH

...
TU AS RAISON ...
ON S'EMMERDE !
JE CHANGE DE CHAÎNE !
NON !
...
HEIN ?
C'EST QUOI, TON PROBLÈME ?!
EH ! ILS ONT DIT...
QUE C'ÉTAIT OÙ, CET ATELIER ?
QU'EST-CE QUE J'EN SAIS ?
TSS...
TU SERS VRAIMENT À RIEN...
TU ME CHERCHES ...
CONNARD ?!
BAM

VOUS SAVEZ, IL N'Y A PAS DEUX PERSONNES...
QUI AIENT LES MÊMES BESOINS EN MATIÈRE DE FAUTEUILS ROULANTS ...
TU BOIS QUOI, SENRI ?
C'EST POURQUOI ON CONFIGURE SOIGNEUSEMENT CHAQUE MODÈLE POUR ...
OH...
BOUGE PAS, JE ME SERS...
UN CAFÉ GLACÉ !
ON RECRUTE LES MEILLEURS INGÉNIEURS DU PAYS...
POURQUOI VOUS REGARDEZ UN TRUC AUSSI ININTÉRESSANT ?

À CE TARIF, 40 000 POUR MOI ET 30 000 POUR CHACUN DE VOUS...
ÇA NE M'A PAS L'AIR TRÈS JUSTE !
...
C'ÉTAIT TON IDÉE, JE TE RAPPELLE !
SI T'ES PAS CONTENT, TU PEUX TE DÉBROUILLER TOUT SEUL !
TU RÉCUPÈRES LE POGNON...
ET LA VICTIME TE DIT MERCI ...
ALORS QUE NOUS, ON EST PAYÉS...
POUR ÊTRE LES MÉCHANTS DE L'HISTOIRE !
ALLEZ, BALANCE LES 20 000 YENS RESTANTS !
OK, C'EST BON !
...
JETONS ENSEMBLE UN ŒIL À L'INTÉRIEUR ...

楼蘭
LOULAN
DING
...
DANS CE QUARTIER POPULAIRE SE TROUVE UN ATELIER ...
OÙ LE SAVOIR-FAIRE...
TU M'AS PAS RATÉ ...
SALAUD !

ENFIN ...
JE RÉFLÉCHIRAI À UNE AUTRE MÉTHODE...
TU ÉCOUTES CE QUE JE TE DIS, AU MOINS ?!
AVEC TOUT CE FRIC...
TU FERAIS MIEUX D'ACHETER UN PC...
ET DE T'INSCRIRE AU CLUB D'INFORMATIQUE !

SENRI !
IL FAUT QUE TU ARRÊTES ...
DE GAGNER DE L'ARGENT DE CETTE FAÇON...
SURTOUT ...
QUE TU NE VAS RIEN EN FAIRE D'HONNÊTE !
EN PLUS, TU FINIS EN SALE ÉTAT À CHAQUE FOIS...
LA DOULEUR...
ÇA N'A PAS QUE DES MAUVAIS CÔTÉS !

J'AI RÉCUPÉRÉ TON BLÉ...
C'EST VRAI ?!
GÉNIAL !
ENFIN, IL NE RES-TAIT QUE 130 000 YENS...
J'EN GARDE 60 000 !
M... MERCI BEAUCOUP !
ÇA VA ALLER, TOI ?
NON, C'EST RIEN !
TU AS PRIS CHER, ON DIRAIT ...
ALLEZ, SALUT ...

TU VIENS DE FAIRE...
LE PREMIER PAS...
POUR SORTIR D'ICI...
ET REPRENDRE UNE VIE NORMALE !

CRR
CRR
CRR
CLIC
CLIC
JE SUIS ... FIÈRE DE TOI !
CONTINUE COMME ÇA ...
C'EST LE MEILLEUR MOYEN DE SURMONTER TA PEUR !
...
DREAM HOUSE

JE PEUX AVOIR ...
DES CISEAUX ?
BIEN SÛR... TIENS !
FUIT
CLIC
OH...
CLIC
CLIC
BRAVO...
SENRI !

ÉCOUTE, SENRI...
ON VA RANGER CE DESSIN POUR DE BON !
CETTE PERSONNE...
ELLE N'EST PAS LÀ ! TU LE SAIS, HEIN ?
ALORS...
TU VAS L'OUBLIER, D'ACCORD ?

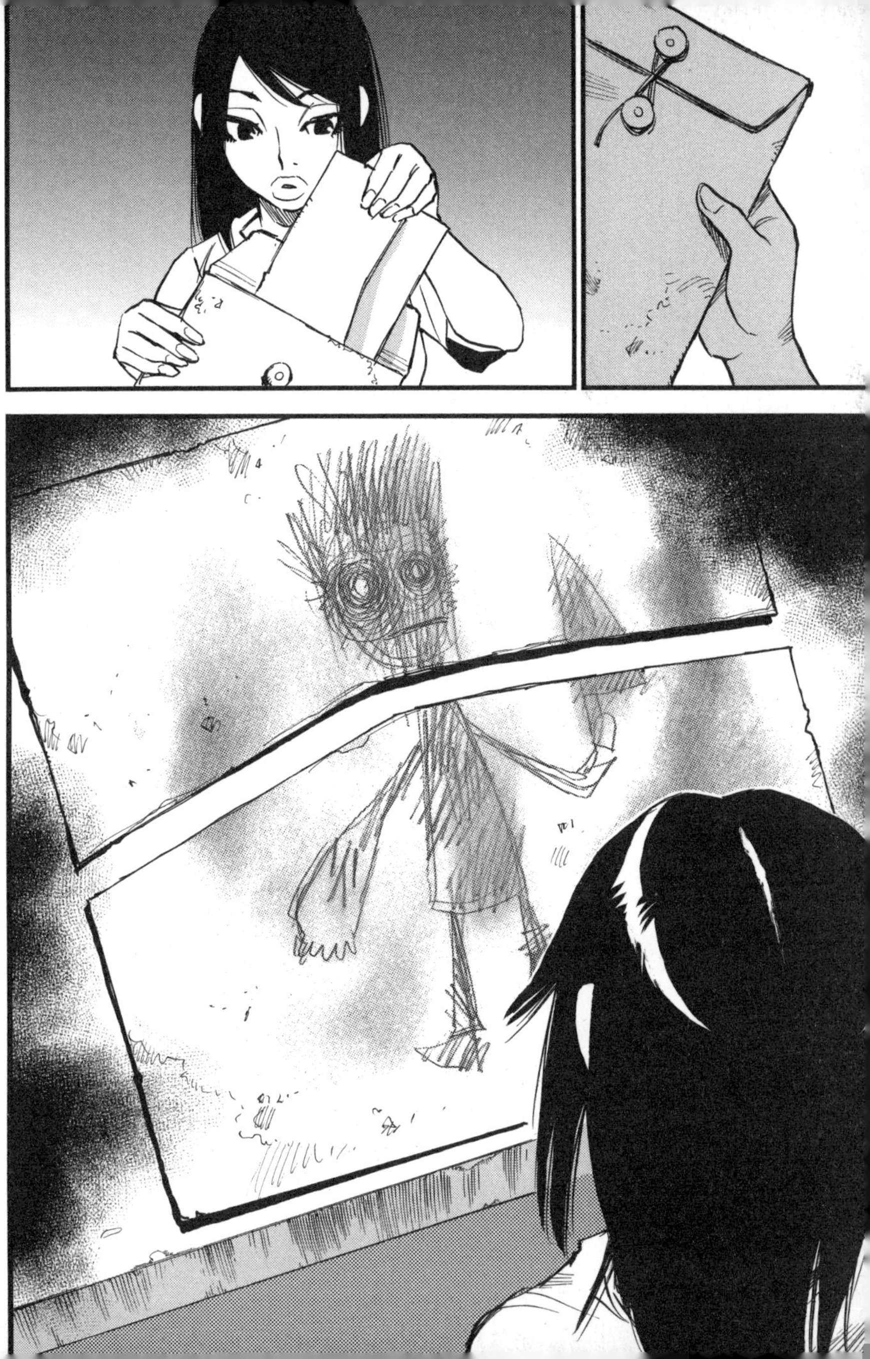

CRI
CONSULTATION SUR PLACE UNIQUEMENT
...
TAP TAP
TAP TAP

SHINNO-SUKE !
ON NE COURT PAS DANS LES COULOIRS !
OUPS...
ピタッ
TING
TOURNE-TOI, POUR VOIR...
TU AS DU KETCHUP OU JE NE SAIS QUOI SUR LA FIGURE...
ESSUIE-MOI ÇA !
OK !
PAS AVEC TON T-SHIRT !
FRSH
FRSH
VOILÀ, C'EST PARTI !
NON, C'EST PIRE !
TU AS TOUT ÉTALÉ !
BON, VIENS ICI ...
MERCI, ENAN !
PAS DE QUOI...
SALUT !
ON NE COURT PAS, J'AI DIT !
TAP

BLA
BLA
BLA
PFIOU ...
BONNE SOIRÉE, ENAN !
MERCI ! VOUS AUSSI !
TAP TAP TAP TAP

....
....
QUI REPREND DE LA SOUPE MISO ?
MOI !
MOI !
J'AI ASSEZ MANGÉ !
FOYER DE L'ENFANCE Les Feuilles d'érable
....
ON PEUT REGARDER LA TÉLÉ ?!
TIENS, VOILÀ MES COUVERTS !
CLAC
CLAC
MERCI !
POSE-LES LÀ ...
CLAC
CLAC
D'ACCORD !
!
USHHH

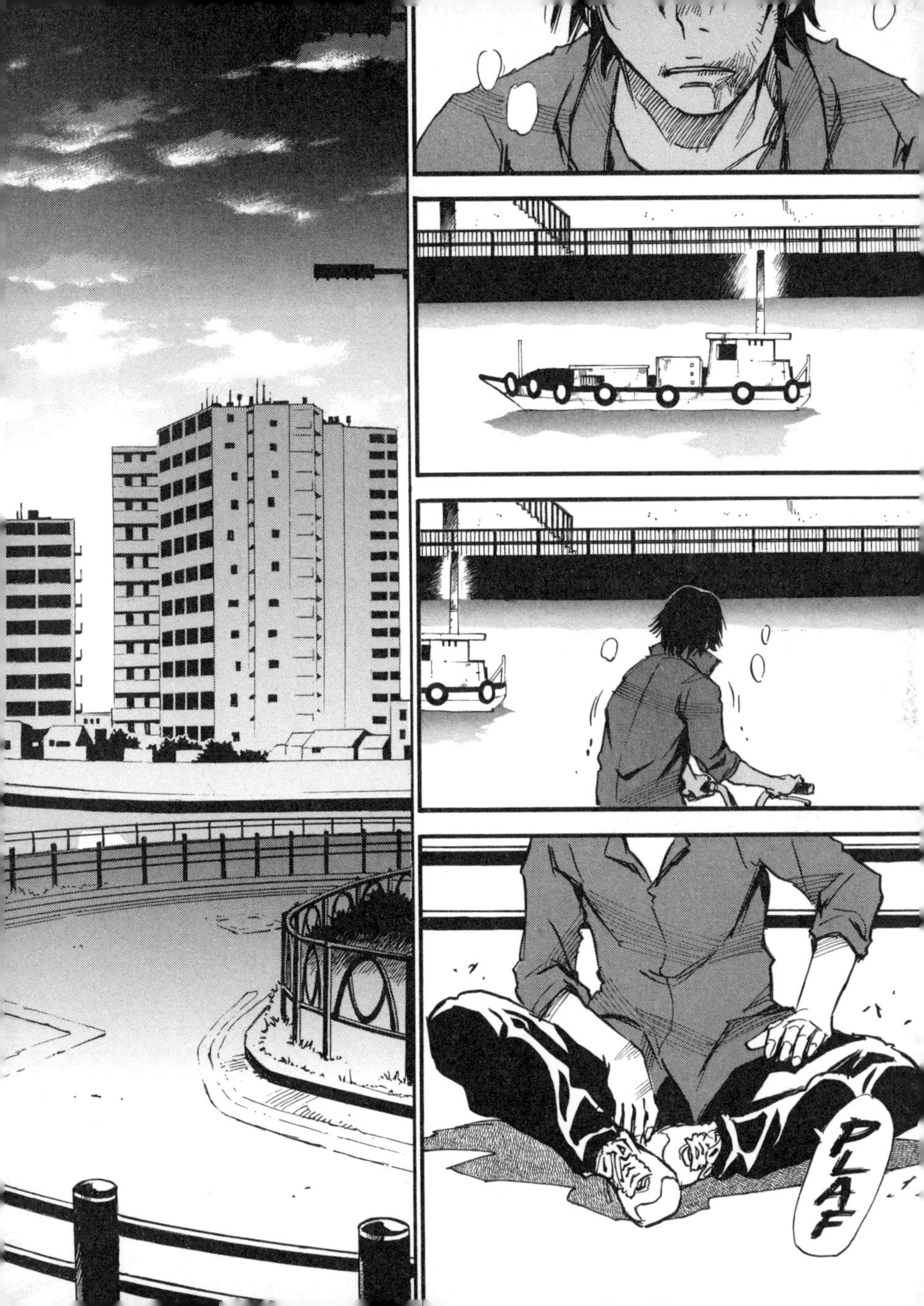
PLAF

ど
ごん
GH...
VLAN
KOF
KOF

JE VIENS …
RÉCUPÉRER LE FRIC !
JE VOIS …

樓蘭
LOULAN
CLAC
DING

近藤金
志庵
志庵
FRSH
季節料理
MERCI, AU RE-VOIR !
FRSH
BON...
AU TRAVAIL !

CRR
TU RESSORS DÉJÀ ?
TU VAS TRAVAILLER ?
OUAIS ...
CRR
À CE SOIR, ALORS !
EH OUI...
TU AS UNE LIVRAISON À FAIRE, PAPY ?
C'EST CHEZ MORITEN, NON ?
LAISSE, JE M'EN OCCUPE !
AH, BEN C'EST GENTIL, ÇA !
ÇA NE TE DÉRANGE PAS, TU ES SÛR ?
NON, T'IN-QUIÈTE...
C'EST SUR MON CHEMIN !
POF

TOUT S'EST BIEN PASSÉ...
AU LYCÉE ?
OUAIS, COMME D'HAB...
ÇA ALLAIT !
BON...
TANT MIEUX !
L'IMPORTANT...
C'EST QUE TU TE SENTES BIEN...
CRR
CRR
CRR
PLAF

TRAIN À L'APPROCHE, VOIE UNE …
GARE DE KEISEI TAT
MERCI DE RECULER DERRIÈRE LA LIGNE BLANCHE !
……
NAKAJO
Fruits et légumes
C'EST MOI !

UN DE CES JOURS, TU VAS FINIR À L'HOSTO !
PEUT-ÊTRE...
JE DIS ÇA PARCE QUE JE M'INQUIÈTE !
JE SAIS ...
CIMER !
JE T'EN FICHE-RAIS...
DES "CIMER" ...
ABRUTI !

TU VAS ENCORE REMETTRE ÇA ?
IL SERAIT TEMPS QUE TU ARRÊTES, TU NE CROIS PAS ?
FOUS-MOI LA PAIX !
LE BLÉ, ON N'EN A JAMAIS TROP !
Y A TON PETIT BOULOT POUR ÇA, NON ?
ON M'A VIRÉ !
TU TE FOUS DE MOI ?!
TU AS COMMENCÉ IL Y A À PEINE TROIS JOURS !
Y AVAIT UN MEC QUI ME SOÛLAIT ...
ET TU L'AS TABASSÉ ?
...
TELLEMENT PRÉVISIBLE !

ÇA VA ALLER, TU ES SÛR ?
TU AS DES POTES POUR T'AIDER ?
DES POTES ?
AH...
OUAIS, T'EN FAIS PAS !
COUCOU, SENRI !
SALUT, ENAN...

BON...
SI TU ME REFILES LA MOITIÉ DE CE QUE J'AURAI REPRIS...
JE VEUX BIEN ESSAYER !
VRAIMENT ?!
MERCI, TU ME SAUVES !
ATTENTION, JE NE TE PROMETS RIEN !
FAUT D'ABORD QUE JE RETROUVE CES TYPES !
JE VAIS TE DONNER TOUS LES DÉTAILS...
L'ENDROIT OÙ ILS M'ONT AGRESSÉ, LA TÊTE QU'ILS AVAIENT, ETC.
OUI, CE SERAIT MIEUX...
OK, ÇA DEVRAIT SUFFIRE...
JE VAIS VOIR CE QUE JE PEUX FAIRE !

*ENVIRON 1 500 EUROS, NDT.

ITAKURA ?
C'EST LA DEUXIÈME FOIS QUE JE TE VOIS AUJOURD'HUI ...
TU ME VEUX QUELQUE CHOSE ?
OUI...
J'AI UN TRUC À TE DEMANDER ...
TU AS CINQ MINUTES ?
TU AIME-RAIS QUE JE RÉCUPÈRE TON FRIC ?
ON M'A DIT QUE TU POUVAIS FAIRE ÇA...
...
C'EST VRAI...
MAIS C'EST PAS GRATUIT !
JE SAIS !

...
SENRI !

...
...
...
USHHHH
TOILETTES
GARÇONS
USHHHH
SPLASH
SPLASH
FUIT
FUIT

#1 : L'homme à la cicatrice

JE PLEURAIS...
SEUL...
AU MILIEU DU SANG DE MES PARENTS...

À L'ÉPOQUE, J'AVAIS CINQ ANS...

LE QUOTIDIEN D'UCHIBO
MEURTRE À ICHIHARA
LES PARENTS TUÉS,
UN DES JUMEAUX DISPAR
LE FRÈRE CADET
PRIS EN CHARG
OTIDIEN D'UCHIBO
LE TUEUR COURT TOUJOU
LES VÊTEMENTS DU PETIT KAZUTO DÉCOUVE
LES CHANCES DE RETROUVER
KAZUTO VIVANT S'AMENUISENT
SEPTIÈME JOUR
DES RECHERCHES
ON M'A DÉ-
COUVERT LE
LENDEMAIN.

C'ÉTAIT IL Y A 13 ANS...
LA PLUIE ÉTAIT TOMBÉE À VERSE TOUTE LA NUIT...
EFFAÇANT LES TRACES DU MEURTRIER ...
AUTOUR DE LA MAISON...

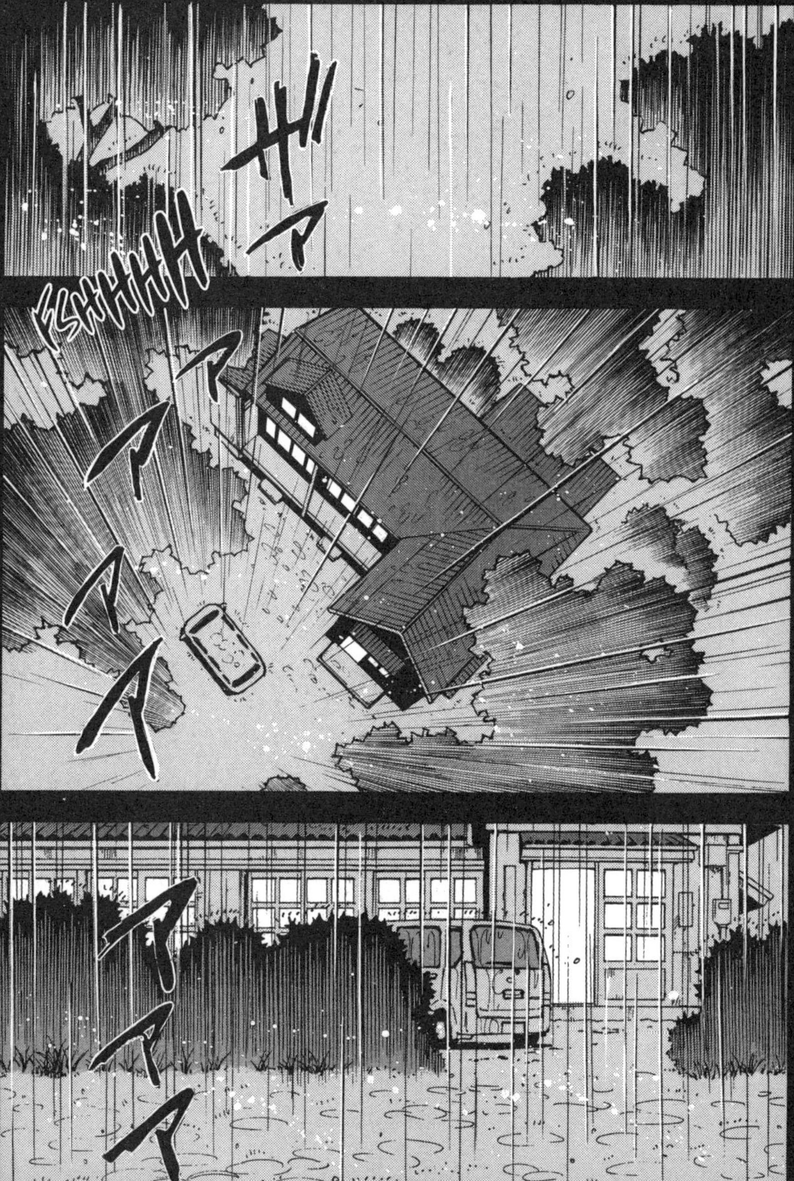
ザァ
FSHHHH
ァァァァ
ァァァァ

FSHHH
FSHHH

ECHOES
Kei SANBE
1

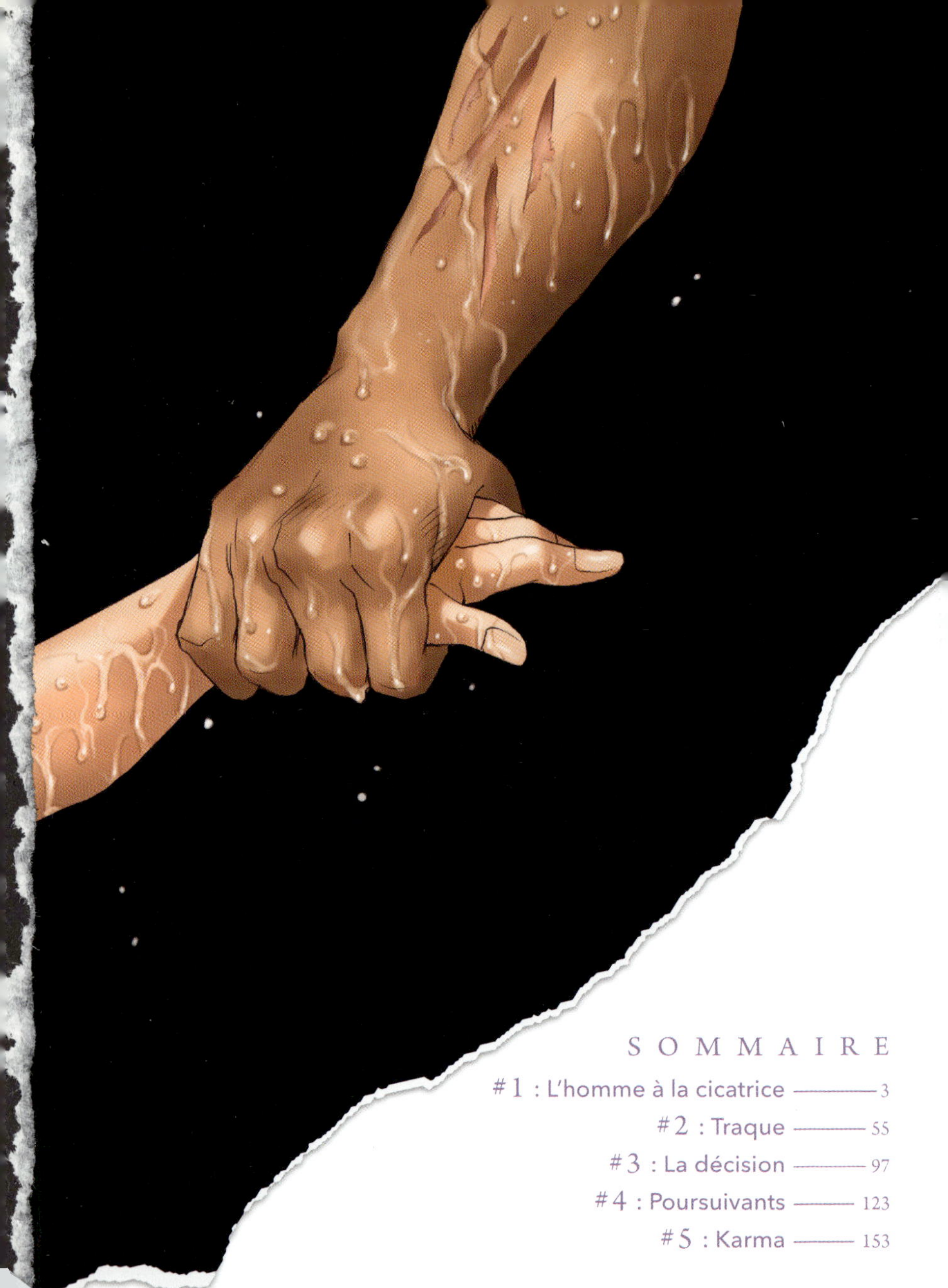

SOMMAIRE